RECUEIL FIDELE

DE PLUSIEURS MANUSCRITS

TROUVÉS A LA BASTILLE,

Dont un concerne spécialement l'Homme
au MASQUE DE FER;

*Le tout pour servir de supplément aux trois
Livraisons de la BASTILLE DÉVOILÉE.*

. . . . de tecta apparuit ingens
Regia; & umbrosæ perritus patuere cavernæ,
Virg. Æn. L. VIII.

A PARIS,

Chez GIRARDIN, au Cabinet de Physique,
au Palais-Royal.

1789.

INTRODUCTION.

IL est paru depuis quelques tems différentes Brochures très-curieuses (1), & qui renferment des détails fort exact sur la topographie & le régime de la Bastille, avec une longue énumération des malheureuses victimes du despotisme, qui y ont été renfermées en différens tems ; mais ces Ouvrages quoique fort intéressants, ne sont cependant pas complets, & ne pouvoient pas l'être, à raison du pillage qui fut fait des papiers qui étoient renfermés, & soigneusement gardés dans cette affreuse prison. Nombre de particuliers en conservent chez eux, qui ont rapport ou qui peuvent faire suite à ceux dont des Citoyens zèlés ont déjà fait part au public ; il est donc à souhaiter qu'ils

____

(1) Ces ouvrages sont, 1°. *Les Remarques historiques sur la Bastille.* 2°. *La Bastille dévoilée.* 3°. *Les Observations patriotiques sur la prise de la Bastille.* 4°. Deux petites brochures, l'une intitulée : *le Langage des Cachots de la Bastille dévoilant leurs secrets,* & l'autre intitulée : *L'Homme au Masque de Fer dévoilé,* & plnsieurs autres semblables, &c.

A ij

fuivent généreufement la marche qu'on leur a tracé, & qu'animés d'un zèle pur pour la liberté, ils mettent fous les yeux du public, par la voie de l'impreffion, les myftères d'iniquités qui ne peuvent fervir qu'à nous rendre plus chere cette liberté dont nous jouiffons maintenant, & augmenter notre glorieufe victoire à la vue des difficultés que nous avions à furmonter; ainfi je me fais donc un devoir de faire part à la France, & même à l'univers, du peu de papiers qui me font tombés entre les mains, & de ceux dont quelques perfonnes ont bien voulu me donner des extraits: puiffai-je par cette foible marque de mon grand amour pour la liberté, prouver à ma Patrie, à mes braves Concitoyens, combien j'ai à cœur de leur faire connoître à tous, les effrayans myftères renfermés depuis tant de fiècles dans les archives du défpotifme.

La Nation, qui fait le mieux aimer fes Rois, la Nation la plus douce, la plus fenfible, la plus généreufe, les Français, enfin, que les forfaits fans nombre & incroyables d'une foule de Miniftres, avoient privés du plus grand des biens, & fait gémir depuis fi long-tems fous un fceptre de fer, viennent enfin de recouvrer leur liberté. Depuis l'époque mémorable de cette heureufe révolution, le nom de *Baftille*, ce nom, la honte de la

France & du Miniſtère, n'eſt plus répété maintenant qu'avec un ſentiment d'horreur & de joie tout enſemble ; ils frémiſſent d'horreur, les généreux Français, à la vue des tourmens qu'on y faiſoit ſouffrir à leurs compatriotes, mais la joie qu'ils reſſentent de les avoir délivrés & de s'être affranchis eux mêmes du pouvoir arbitraire, eſt la preuve authentique de la grandeur de la perte qu'ils avoient faite & de l'étendue du bonheur dont ils jouiſſent.

Je ne rappellerai point ici l'année de la conſtruction de la Baſtille ; les divers changemens qu'elle a eſſuyés en différens tems, ni les uſages atroces & les règles barbares, qu'on y mettoit tant de fois à exécution ; des plumes plus habiles que la mienne en ont déjà tracées avec ſuccès les moindres circonſtances : deux ouvrages (1) ſur-tout ne nous laiſſent rien à deſirer ſur cette matière ; je me bornerai donc à donner en peu de mots dans cette Introduction une idée ſuccinte des *grandes ſcélérateſſes humaines commiſes ſous le ſceau de l'autorité publique.*

L'Aſie, l'Afrique & l'Amérique n'ont abſolument rien de comparable à notre Baſtille. Les peines

---

(1) Les Remarques hiſtoriques ſur la Baſtille,& la Baſtille dévoilée, première & ſeconde Livraiſons.

A iij

de ces Contrées font bien différentes , & moins cruelles que les nôtres , puifqu'*aucun Miniftre n'a le droit de condamner , pour fon bon plaifir , l'innocent & le coupable , à une inaction meurtriere.*

C'eft donc dans l'Europe feule , (comme le remarque fort bien l'Auteur des Annales,) qu'on peut redouter ce terrible fléau : & encore dans quelle partie de l'Europe ? Ce n'eft pas , comme on le fait , dans toute la Grande-Bretagne, une détention arbitraire y feroit un crime de *lèze-peuple*, rigoureufement pourfuivi. Ce n'eft point en Allemagne , quoique les Princes y foient affez généralement defpotiques , cependant ils n'ont ni Baftille ni équivalent. Ce n'eft point en Dannemarck, depuis l'abominable *Chriftiern* , on ne voit point d'emprifonnement illégaux , tels que ceux de la Baftille, par les Lieutenans de Police. En Suede, aucun Roi n'a fouillé fon régne par l'ordre d'en conftruire ou d'en faire ufage. En Hollande les prifons d'Etat n'approchent pas de la Baftille. En Ruffie , le contrafte eft frappant, c'eft une Province entiere d'une grandeur immenfe qui eft devenue une prifon d'Etat. Ce n'eft donc qu'en Efpagne & en Italie qu'il exifte des tours affez reffemblantes à celles de la Baftille, pour les ufages & le régime intérieure. D'où vient cette reffemblance ? N'allons pas la chercher ailleurs que dans la multitude de ces Prêtres fanatiques qui infectent ces trois contrées de l'Europe, & qui, par leurs scrupules bifarres. & leur abfurde intolérance, déshonorent la Religion divine que le Dieu de toute majefté eft venu nous apporter fur la terre.

En effet, n'eft-ce pas une tyrannie auffi cruelle qu'infenfée d'enfermer un homme dans d'affreux cachots, pour le punir de n'avoir pu voir des objets invifibles avec les mêmes yeux que les tyrans qui le tourmentent pour fa façon particulière de penfer. D'un autre côté, un Dieu très-jufte, très-puiffant & très bon, qui permet que les mortels s'égarent dans leurs penfées, ne peut pas approuver qu'on les tourmente pour leurs penfées diverfes, qui ne dépendent point de leurs volontés ; d'où il fuit que la véritable Religion Chrétienne, d'accord avec la morale & la raifon, défend de maltraiter les hommes pour leurs opinions religieufes.

Cependant rien n'a peuplé davantage les antres de la Baftille, que cette impofture qui s'efforça de perfuader que la fociété étoit fortement intéreffée à régler les opinions particulières des Citoyens fur les dogmes abftraits de la Religion : cette idée qui ne peut venir d'une divinité bienfaifante, a produit des fupplices multipliés & des perfécutions

A iv

inouies , principalement au commencement de ce siècle. Que voyons-nous en effet dans les fragments des regiftres enlevés à la Baftille ; l'article *caufe de détention* eft rempli le plus ordinairement par ces mots abfurdes : *pour caufe de Religion...... pour affaires de Religion......... accufé de Janfénifme....... accufé d'être Quiétifte...... foupçonné d'avoir mal parlé des Jéfuites...... Convulfionnaire.... Crocheteur de la Conftitution..... il étoit Janfénifte ou il paffoit pour l'être,* & mille autres raifons femblables. Un le Tellier, un Colbert, un Chamillard, un Chauvelin, un Bauyn, & fur-tout un Phelypeaux, voilà les coupables Miniftres qui ont ofé furprendre la Religion du Monarque, & abufer fi fouvent de fa confiance.

La caufe de Religion n'étoit cependant pas toujours le prétexte dont on fe fervoit pour renfermer à la Baftille un gr nd nombre de Citoyens ; la haine d'un vil Commis de Miniftre ; le plus léger foupçon ; un mot lâché au hazard ; bien plus, être l'époux d'une femme jeune & jolie, c'en étoit affez pour être inhumainement arrêté, & conduit à la Baftille pour y dévorer dans le filence & l'horreur d'un cachot, les crimes des fcélérats titrés que la baffeffe & l'intrigue avoient élevés au Miniftere, ou à la place de Lieutenant de Police.

Ce n'eſt pas tout encore , la vérité , dont le pur flambeau devroit ſans ceſſe éclairer les Rois , étoit ſoigneuſement éloignée du Trône : oſoit-on parler ſon langage ; oſoit-on ſe plaindre des maux que le Monarque nous faiſoit ſouffrir ſans le ſavoir ; oſoit-on divulguer les crimes de ſes Miniſtres & l'horreur de leur conduite ! alors toute l'autorité tyrannique du Gouvernement s'appéſantiſſoit ſur la tête innocente du malheureux Français qui oſoit ſeulement ſoupirer ſur ſon ſort, ou ſur celui de ſes Concitoyens. Hélas ! ne ſeroit-il pas plus avantageux pour les Rois, pour les Princes, & pour tous les Gens en place, de ſavoir exactement quelle eſt l'idée du public ſur leur compte , ils apprendroient du moins dans un quart-d'heure de quoi méditer le reſte de la vie.

Mais maintenant que le nom ſacré de liberté retentit par tout, ne craignons donc plus de parler ; ne craignons donc plus de deſſiller les yeux d'un Monarque chéri, qui ne fut que trop long-rems le jouet innocent d'une Cour inſolente & barbare. Publions juſqu'aux pieds du Trône les abominations commiſes, (à la vérité à l'inſçu du Prince ,) mais cependant toujours ſous le ſceau de l'autorité royale. Montrons lui, ſans rien craindre, cette liſte d'infortunés innocens, qui périrent de déſeſpoir & d'ennui

dans les cachots ténébreux de la Baftille, & qui l'au-
roient béni, au lieu de le maudire, fi le Gouvernement eût été plus jufte à leur égard. Montrons-lui
ces chaînes, ces poulies, les débris de ces trappes,
en un mot, toutes ces machines infernales forties
de la boutique de Satan, & dont on fe fervoit fi
bien pour expédier promptement & dans le fecret
le malheureux Citoyen qui avoit ofé gêner les
plaifirs d'un Miniftre libertin, ou d'un grand volup-
tueux. Montrons·lui, enfin, ces regiftres de mort,
qui contiennent les ordres fanguinaires que des
Miniftres barbares furprirent fi fouvent à fes pré-
déceffeurs. Il en frémira, fans doute, & fon cœur
paternelle en fera ferré jufqu'aux larmes. Hélas!
que la Couronne eft un fardeau péfant pour celui
qui la porte.

Le mot de *prife de la Baftille* retentit par-tout;
le defpotifme en paroît plus odieux, la reconnoif-
fance des Français pour les Parifiens en devient
plus vive & plus pure; & la gloire de cette action
généreufe, fera fans doute auffi durable, que notre
vénération pour les Héros libérateurs de la France.

Chaque jour nous préfente différens extraits des
Manufcrits enlevés dans ces tours formidables, &
la générofité des Citoyens, à cet égard, n'a pas de
bornes : il feroit à fouhaiter, Meffieurs, que les

Repréfentans de la Commune de Paris , fe piquaf-
fent du même honneur & de la même juftice, &
qu'ils nommaffent fur le champ , un certain nombre de Gens de lettres (1), pour rédiger , promptement , & fans détours , tous les papiers de la Baf-
renfermés à l'Hôtel-de-Ville , & les livrer fidèle-
ment au Public par la voie de l'impreffion ; c'eft
le feul moyen de détruire les juftes foupçons que
tout Paris a déjà conçu à ce fujet, & dont il verroit
de fort mauvais œil la réalifation.

Je me fuis affervi, autant qu'il m'a été poffible,
dans ce Recueil , à l'ordre des tems ; néanmoins,
on y trouvera des lacunes affez confidérables, parce
que je ne mets fous les yeux du public que les
papiers épars que j'ai entre les mains , ou dont on
a bien voulu me donner des extraits.

Un manufcrit qui m'a été communiqué me met
à portée d'éclairer le public fur *l'Homme au mafque
de fer*. Il prouve évidemment que ce prifonnier
célébre étoit Louis de Bourbon Comte de Vermandois , Grand Amiral de France , fils naturel de

---

(1) Nous avons appris que MM. les Repréfentans de la
Commune avoient nommé trente de leurs Membres , pour
travailler à St.-Louis-la-Culture au dépouillement des papiers , foit manufcrits , foit imprimés trouvés à la Baftille.

de Louis XIV & de Louise-Françoise de la Beaume,
Duchesse de la Vallière. Ce manuscrit précieux a
été trouvé par un Maçon, dans le mur de la troi-
sieme chambre de la Tour de la Bertaudiere, &
il l'a vendu 3 liv. à un particulier Vénitien qui
alla, par curiosité, visiter la Bastille, dix ou douze
jours après sa prise.

COPIES EXACTES

DE

PLUSIEURS LETTRES - DE - CACHET.

———

Mons de Besmaux, je vous fais cette Lettre
pour vous dire de recevoir dans mon Château de
la Bastille, le sieur François-Christophe Burgaut,
Prêtre du Diocèse de Coutances ; je consens que sa
famille le voie de tems en tems seulement : nulle
autre chose n'ai à vous dire, si ce n'est de le garder
jusqu'à nouvel ordre de ma part : sur ce, je prie
Dieu qu'il vous ait, Mons de Besmaux, en sa sainte
& digne garde.

Ecrit à Versailles le 20 Juin 1667. *Signé* LOUIS.
Et plus bas, LE TELLIER.

Le Gouverneur de la Bastille recevra dans mon

Château de ce nom , le nommé Aubry , Soldat ,
indigne de vivre. . . . . . & il l'y retiendra bien
exactement jusqu'à nouvel ordre de ma part ; on lui
mettra les fers. . . . . .

A Versailles le 3 Juillet 1667. *Signé* LOUIS.

On me rendra un compte exacte de tout ce qu'il
dira. *Signé* LE TELLIER.

Mons de Befmaux , vous recevrez dans mon
Château de la Baftille le fieur Barbier , Procureur ,
& vous l'y retiendrez jufqu'à nouvel ordre de ma
part ; fûr ce je prie Dieu , Mons de Befmaux , qu'il
vous ait en fa fainte garde.

Le 17 Mars 1683. *Signé* LOUIS. *Et plus bas ,*
figné COLBERT.

La perfonne qui vous remettra cet ordre , vous
amène , Monfieur , un criminel que vous placerez
dans un endroit bien fûr. L'intention de Sa Majefté
eft qu'il ne voie perfonne abfolument ; cependant
Elle vous ordonne de lui donner , en fait de nour-
riture , tout ce qu'il vous demandera , & de le traiter
avec toute l'attention que mérite un homme de
fon rang : au refte , l'Exempt eft chargé de vous

donner de vive-voix les inftructions néceffaires à ce fujet.

J'ai l'honneur d'être votre très-humble ferviteur.

Signé PHÉLYPEAUX.

Verfailles, *le* 8 *Février* 1697.

Le Gouverneur de la Baftille recevra dans mon Château de ce nom le fieur. . . . . Baron de. . . . . . . .il le fouillera exactement en arrivant, le mettra dans l'endroit le plus fûr, l'interrogera de tems en tems, & il le veillera de près pendant trois femaines, (1) *après quoi il le fera paffer plus bas que de coutume.*

Donné à Verfailles le 16 Septembre 1697. *Signé* LOUIS. *Et plus bas,* DE PONTCHARTRAIN.

Mons de Jonca, vous recevrez dans mon Château

---

(1) Ces mots fous-lignés paroiffent avoir été ajoutés par le Miniftre. Quel abus infâme d'autorité, hélas! qu'a-t-il entendu dire par ces paroles, nous n'en favons rien, mais ce qu'il y a de certain, c'eft qu'elles n'étoient pas ininttelligibles pour le Gouverneur de la Baftille.

de la Bastille, le Chevalier de Vandôme, (1)
Grand Prieur de France, & vous l'y retiendrez jufqu'à nouvelle ordre de ma part, cependant mon
intention est que fa famille ne foit pas privée de
le voir ; fur ce je prie Dieu, Mons de Jonca, qu'il
vous ait en fa fainte garde. *Signé* LOUIS.

Délivrée par un Commandement exprès de Sa
Majefté. A Verfailles le 6 Mai 1698.

Signé DE PONTCHARTRAIN.

---

(1) Ce Chevalier de Vandôme avoit eu une conteftation
au jeu avec le Prince de Conti, & il lui propofa un cartel ;
le Prince de Conti, piqué d'un tel procédé, obtint une lettre-
de-cachet pour le faire enfermer à la Baftille ; mais quelques
tems après, à la follicitation de la famille du prifonnier ; le
même Prince de Conti en obtint une autre pour fon élargif-
fement.

COPIE EXACTE

*D'une feuille manuscrite trouvée dans le mur
de la Tour de la Bertaudiere.*

Au nom de la Sainte Vierge, protectrice des
Français, puisqu'il n'y a plus de ressource pour
moi, puisse-t-elle obtenir de Dieu, que les hommes sachent, un jour, le sort affreux, auquel les
ordres d'un pere barbare, m'ont injustement dé-
voué, & qu'on prend le plus grand soin de cacher.

Je suis Louis de Bourbon Comte de Vermandois,
nommé Grand Amiral de France. Une étourderie
m'a fait renfermer au Château de Pignerol, puis
aux Isles Sainte-Marguerite, & enfin à la Bastille,
où je finirai probablement le cours de ma triste vie ;
j'ai déjà tenté plusieurs fois de me faire connoître
de mon vivant, toutefois je n'ai pu y réussir ; ainsi
j'écris ce peu de mots, que je cache dans un trou
du mur de ma chambre, espérant que par la suite
le hasard le fera peut-être connoître aux hommes.
J'ai écrit & caché ce papier le 2 Octobre 1701,
à six heures du soir, jour qui répond à celui de

ma naiffance. On doit me changer de chambre ,
ainfi faffe le Ciel que mes vœux foient accomplis.

Signé LOUIS DE BOURBON COMTE DE
VERMANDOIS , le plus chagrin & le
plus innocent.

Quoique dans cette pièce il ne foit nullement
queftion d'un mafque de fer , l'on ne fauroit cependant difconvenir que cet illuftre prifonnier , qui a
tant intrigué tout le monde , ne foit évidemment
le Comte de Vermandois. Pour peu qu'on fe donne
la peine d'examiner cette pièce , & de la confronter
avec l'Hiftoire , on s'appercevra facilement que
plufieurs citconftances fe rapportent parfaitement
avec tout ce qu'on a déjà publié de ce prifonnier
inconnu jufqu'alors. Ainfi ce n'eft donc plus le frere
jumeau de Louis XIV , ni le Duc de Beaufort , ni
le Duc de Montmouth , qu'on doive regarder
comme ayant été l'homme au mafque de fer ,
le Comte de Vermandois eft fans contredit la
victime infortunée que Louis-le-Grand fut immo-
ler à fon orgueil d'une manière fi raffinée.

BILLETS d'entrée à la Bastille.

CEJOURD'HUI 17 Avril 1665, est entré au Château de la Bastille, par ordre du Roi, Roger de Rabutin, Comte de Bussy, lequel avoit sur lui 27 liv. en argent blanc, 96 liv. en or, & 17 liv. 10 sols en monnoie tant blanche que grise; plus, différenres lettres de femmes, entièrement étrangères à sa détention; tout cela néanmoins nous est resté entre les mains, & ledit Roger de Rabutin a signé son entrée.

Signé Le Comte DE BUSSI-RABUTIN.

Cejourd'hui 17 Septembre 1697, quatre heures après-midi, est entré au Château de la Bastille, par ordre du Roi, le sieur...... Baron de...... il avoit sur lui 29 louis, dont 28 en or, & un en monnoie blanche & grise, plus une tabatiere d'yvoire, sur laquelle est le portrait d'une jeune femme, enrichi de diamans; tout cela, selon l'usage, nous est resté entre les mains. On a trouvé en outre dans la doublure de l'habit dudit Baron, plusieurs exemplaires d'un manuscrit de 102 pages in-8°, ayant pour titre : *Louis XIV, possesseur illégitime de la Couronne de France.* Tout cela a été brûlé ; & le prisonnier a déclaré ne savoir point écrire, c'est pourquoi il a signé d'une croix. *Signé* +

Cejourd'hui 16 Avril 1698, dix heures du matin, est entré à la Bastille, par ordre du Roi, le Chevalier de Montchevreuil, (1) lequel avoit sur lui 6 louis en or, une bague de brillans, & un couteau à lames d'or & d'argent, dont le manche de nacre de perles, étoit garni de quelques pierreries. Tout cela, selon l'usage, nous est resté entre les mains, ce sont les seuls effets que ledit Chevalier de Montchevreuil ait eu sur lui, & il a signé son entrée.

Signé Le Chevalier DE MONTCHEVREUIL.

---

(1) Ce jeune Seigneur, qui avoit été Lieutenant de Vaisseau, fut soupçonné de s'être marié à la Rochelle ; voilà ce qui engagea ses parens à solliciter une Lettre-de-cachet pour le faire enfermer à la Bastille, & de là, le faire passer aux îles, par le moyen d'un armement que le Roi devoit envoyer en ce pays là. C'étoit là où le pere & la mere destinoient leur enfant à faire pénitence, d'avoir été trop amoureux ; comme si l'amour étoit un crime : mais cet armement n'ayant pas eu lieu, cela sauva ainsi ce voyage au Chevalier de Montchevreuil.

Lettres qui paroiſſent avoir été écrites au Lieutenant de Police.

MONSEIGNEUR,

J'ai l'honneur de vous faire part que les criminels ne ſont pas encore exécutés : on les a mis à la queſtion, & l'on a découvert plus qu'on n'avoit ſoupçonné. Il y a beaucoup d'Ex-jéſuites qui paroiſſent compris dans cette affaire ; pluſieurs grands Seigneurs paroiſſent auſſi y avoir trempé, c'eſt pourquoi on ne ſauroit trop prendre de précautions; cependant quant aux malheureux que je tiens ici renfermés, vous pouvez compter ſur ma vigilance & ſur mon exactitude à exécuter les ordres que vous me donnerez.

A l'égard des quatre priſonniers que vous m'avez envoyés la ſemaine derniere, on leur a fair ſubir une queſtion d'un nouveau genre, mais on n'en a pu rien tirer, c'eſt pourquoi j'ai exécuté ſur le champ les ordres que vous m'aviez donné à ce fujet ; ils font les premiers qui aient effayés notre nouvelle machine.

J'ai l'honneur d'être avec un profond refpeƈt,

MONSEIGNEUR,

>   Votre très-humble & très-obéiffant
> ferviteur.
>
> *Signe* DE LAUNEY.

A la Baftille, le 12 *Octobre* 1781.

Voici une lettre au haut de laquelle il y a en apoftille ces mots écris très-fin : *Fac ut in caftu pereat.* Cela veut dire en français , *faites en forte qu'il périffe en prifon.* Quelle horreur !

MONSEIGNEUR,

>   *Fac ut in çaftu pereat.*

J'ai l'honneur de vous prévenir que le *fieur Mervillai* eft intraitable : il eft furieux de fa détention , & il vomit contre vous les injures les plus affreufes, en préfence de fon Porte-clefs ; ainfi que voulez-vous que je faſſe ; je ne puis cependant m'empêcher de vous avouer qu'il eſt entièrement innocent, j'en ſuis ſûr ; quoiqu'il en ſoit , il ſeroit dangereux de le mettre maintenant en liberté. J'eſpère que le porteur de la préſente me rapportera votre réponſe à ce ſujet , pour me tirer de l'embarras où je ſuis.

D'après la demande que vous m'en avez fait dernièrement, j'ai l'honneur de vous envoyer ci-jointe la liſte des priſonniers morts ſubitement à la Baſtille depuis le premier Mars.

premier Mars le ſieur Etienne Braver.

Le 17 la nommée Honorine-Anne Gardin.

Le 23 Pierre Margis.

Le 27 le ſieur Maurice Dubuiſſon.

J'ai l'honneur d'être avec un très-profond reſpect,

MONSEIGNEUR,

Votre très-humble & très-obéiſſant ſerviteur,

Signé DE LAUNEY.

A la Baſtille , le 4 *Avril* 1782.

(24)

DÉPOUILLEMENT EXACT de quelques petits feuillets manuscrits enfilés par un cordon.

ANNÉE 1627.

Ministre qui a contre-signé les ordres d'entrée.	Cardinal de Richelieu.
Causes général.	Affaires d'Etat , & propos contre M. le Cardinal.

OBSERVATIONS PARTICULIERES.

Le sieur Marquis de Rovillac , esprit remuant, & perturbateur du repos public ; entré le. .. l'intention de Sa Majesté étoit de l'empêcher seulement de parler en public.

Item. Le Marquis de Bonivet , pour la même raison.

Item. Le Marquis d'O , pour avoir un esprit turbulent.

Idem. Le sieur Marquis de Montpinçon , pour mauvais propos qui dénotent une tête exaltée. Ces quatre personnes entrées le même jour 8 Mars .

fortirent auffi le même jour 14 Décembre de la même année , & furent exilés pour deux ans chacun dans leur pays.

Le fieur Bourlant, Perruquier-Etuvifte, entré le 17 Mai, forti le 14 Octobre , pour propos leftes fur le compte du Roi & de la Famille Royale. On le foupçonnoit d'être l'auteur d'un écrit fcandaleux contre le miniftère de M. le Cardinal , & de l'avoir imprimé chez lui. Il a été relégué à Tours pour quinze ans.

Le nommé Gabriel Bernard , entré le 6 Juillet, mort le 20 du même mois , enterré à Saint Paul. Il étoit de Brie-Comte-Robert, & fut arrêté par Mavré, pour affaire d'Etat , & pour intelligence avec un nommé Barbier, fcélérat qui s'eft enfui en Suede.

Le fieur Icht, Anglois de nation, entré le 12 Juillet, foupçonné d'être d'intelligence avec les ennemis de l'Etat. Il y a eu 18 interrogatoires.

(Ici voici une note qui fe trouve à la fuite de cette lifte.)

Il ne faut pas oublier de mettre fur le regiftre des événements , que le 16 Juillet 1627 , les prifonniers de la Tour du coin fe font foulevés , & qu'il y a eu un Porte-clefs de tué par le nommé Icht, Anglois , qui fut jugé & rompu vif quelques temps après.

(26)

Le fieur André Drouet , Diacre du Diocèfe de Laon , entré le 24 Juillet. — Accufé d'avoir couché avec fa mere , & de l'avoir empoifonné. Transféré à Pierre-Encife.

Le nommé Fancan, entré le 26 Juillet, forti le 12 Décembre. — Pour affaires d'Etat.

Idem. Le fieur la Milletierre. — Efprit remuant & dangereux, dont il falloit fe méfier , parce qu'il avoit dit qu'il vouloit abfolument opérer une révolution. Transféré à Vincennes.

Item. Le R. P. Jourdain , Capucin. — Mauvais fujet.

Le fieur Jarfan de Villeneuve , entré le 17 Décembre , forti le 19 Mai 1628. — Pour difcours infolens contre M. le Cardinal, & pour efcroqueries.

Un prifonnier Efpagnol , pris comme efpion la Cour de France , il n'a pas voulu dire fon nom.

A N N É E 1628.

Miniftre.	Cardinal de Richelieu.
Caufes générales.	Pour la Religion.

OBSERVATIONS PARTICULIERES.

Le nommé Barbot , Huguenot factieux. — Ordre de le mettre à la chaîne pour fix mois.

Le fieur Alexandre Pigenet, Citoyen de Calais, entré le 3 Mai, forti le 7 Novembre. (fans motif connu.

Le fieur Murex, d'Orléans. — Pour la Religion.

Marie Mongès, & fes trois Filles, le 4 Août, forties le 23 Décembre, pour la Religion & pour propos.

Le fieur le Camus, Proteftant. — Auteur de libelles & d'un attroupement féditieux à Saint-Germain-en-Laye.

Le nommé Caron, Porte-clefs du Châtelet. — foupçonné d'avoir révélé ce qui fe paffoit dans cette prifon. Interrogé fix fois, & transféré à Vincennes.

(Ici, il fe trouve une lacune de deux ans ; on en verra encore plufieurs plus confidérables, parce que je n'ai que des feuilles éparfes, d'un petit cahier qui paroît avoir été le dépofitaire des notes relatives aux prifonniers, jufqu'à ce que le tems permit de les mettre au net fur un grand regiftre.)

ANNÉE 1631.

Miniftre.	Cardinal de Richelieu.
Caufes générales.	Confpiration, & libertinage.

OBSERVATIONS PARTICULIERES.

Le Maréchal de Baffompierre. — Pour avoir été du complot de la Reine Mere contre M. le Cardinal.

Le fieur Abbé de Foix, intriguant. — Pour la même raifon.

Idem. Le fieur Vautier, Médecin. — Auffi pour la même raifon. Ordre de M. le Cardinal de Richelieu de les bien traiter.

Le fieur Germain, Orfévre, le 10 Avril. — pour avoir fait de faux poids, & avoir trompé dans fon commerce, mort fubitement le 6 Septembre, enterré le lendemain en l'Eglife de Saint Paul.

Le fieur Bureau, Libraire à Compiegne, entré le 12 Mai, forti le 19 Octobre. — Pour avoir vendu des livres défendus.

Le fieur Baron du Vaudrant, libertin trouvé dans un B. & convaincu de cruauté. Transféré à Pierre-Encife.

Le R. P. Maffe, Cordelier. — Pour mariage de Proteftant.

Le fieur Cabanet, Confeiller au Parlement. —
Accufé de fodomie. Il s'eft tué d'un coup de couteau
en entrant à la Baftille.

Le fieur Martin Varini, Proteftant outré. — Accufé d'être efpion des Cours Etrangeres. Il refta fix
ans à la Baftille, & fut banni de la France à per-
pétuité.

A N N É E 1633.

Miniftre.	Cardinal de Richelieu,
Caufes générales.	Propos contre le Car-dinal, & mauvaife con-duite.

OBSERVATIONS PARTICULIERES.

Le fieur Jean-François Brolard, Chirurgien, le
9 Février, forti le 13 Septembre. — Accufé de
propos leftes contre M. le Cardinal; en outre mauvais fujet, & faifeur de vers contre le Miniftere.

Le fieur Jérôme Girouft. — Mauvaife tête, ordre
de l'examiner de près. Il ne voulut point manger,
& il mourut le 4 Mars, enterré le lendemain à Saint
Paul. Il avoit prédit que neuf jours après fa mort
il feroit complettement vangé, & il n'eft rien
arrivé; il avoit à-peu près perdu l'efprit environ
trois femaines avant fa mort.

Le nommé Claude Bouchard, Fermier à la Chapelle, pour propos & mauvaise conduite à l'égard de sa femme. Permission de se promener sur la platte-forme, mais il ne l'obtint qu'une fois en neuf mois de détention.

A N N É E 1667.

Ministres.	Le Tellier, le Maréchal d'Etrées.
Causes générales.	Libelles, & propos contre le Roi.

OBSERVATIONS PARTICULIERES.

Le sieur Alexandre de la Baret, Commis de la Marine. — Pour abus & malversations dans son emploi. Il a eu 14 interrogatoires, & fut transféré au Château d'Angoulême.

Le nommé Etienne Favre, Colporteur, le 7 Avril, sorti le 9 Septembre, pour avoir vendu des livres défendus.

Le nommé Viviant, pour propos contre le Roi, & pour agiotage.

Le nommé Cardet, de Meaux. — tenu pour suspect.

Le sieur de la Vallerte, ordre de se rendre lui-même, pour leçon.

La nommée Marie Robert, avanturiere, accu-
fée de fortiléges.

A N N É E 1697.

Miniftres.	Phélipeaux & le Tellier.
Caufes générales.	Affaires d'Etat, libel-les, janfenifme, & mau-vaife conduite.

OBSERVATIONS PARTICULIERES.

Le Comte de Donzi. — Pour avoir eu des intri-
gues fecrettes avec la Chambonneau, Aftrice, &
avoir été foupç onné de vouloir l'époufer.

Le nommé Petit, pour affaires d'Etat très-graves.

Le fieur Barettoni, Italien, entré le 4 Octobre,
forti le 27 du même mois. Cet homme fut foupçonné de colporter des livres contre les Jéfuites
& d'avoir mal parlé d'eux.

Le nommé Francois Bariffon, Janfenifte outré.

Madame Julie d'Erigni, convulfionnaire.

Le fieur Michel, Marchand de draps, entré le
3 Décembre. — Cet homme fut foupçonné d'efcroqueries, & donnoit dans un libertinage honteux ;
il fut enfermé ici à la requifition de fa famille : mort
de maladie à la Baftille le 17 Mars 1698, & enterré

le lendemain à Saint-Paul, ſous le nom de Jacquard.

Le ſieur Abbé de la Vauvillé. — Accuſé de Janſéniſme & de propos injurieux contre M. le Lieutenant de Police.

Joſeph-Etienne Coquerant, Soldat, entré le 17 Décembre, mort ſubitement le 29 du même mois.

F I N.

De l'Imprimerie de CAILLEAU,
rue Galande, N°. 64.

www.ingramcontent.com/pod-product-compliance
Lightning Source LLC
LaVergne TN
LVHW020627180726
843502LV00006B/1917